Couvertures supérieure et inférieure
en couleur

COUVERTURES SUPERIEURE ET INFERIEURE D'IMPRIMEUR

LE CHASSEUR D'OURS

5° SÉRIE PETIT IN-18

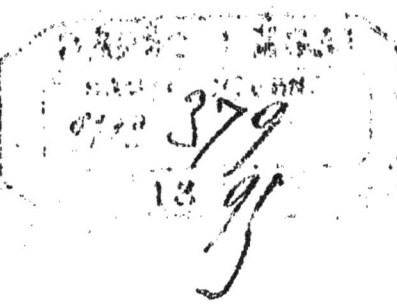

MON ONCLE HILARION BRUNO.

LE
CHASSEUR
D'OURS

PAR

Ch. BUET

LIMOGES

EUGÈNE ARDANT ET Cᵉ.

ÉDITEURS

LE

CHASSEUR D'OURS

I

Mon oncle Hilarion Bruno est un personnage bien original, et je vous demande, ami lecteur, la permission de vous le présenter.

Figurez-vous une manière de géant, que les cuirasses du moyen âge habilleraient mieux que nos pantalons collants et nos vestons étriqués; des bras musculeux capables de soulever les fardeaux les plus lourds; des jambes nerveuses,

infatigables; une poitrine semblable à un soufflet de forge.

Le visage de mon oncle présente
le type savoyard le plus pur : nez
gros, rond au bout, émaillé de ru-
bis et semé de verrues multico-
lores; yeux gris, fendus en amande,
ombragés de longs cils et sur-
montés de sourcils énormes qui
coupent le front blanc, haut et
large, de leur arc nettement tracé.

Le visage respire la bonté, la
franchise, la simplicité, j'oserai
même dire la candeur.

Tel que je le trace pour vous, ô
lecteur, ce portrait n'est point flatté;
mon oncle n'est pas beau, et, sous
ce rapport, tous ses neveux lui res-
semblent.

Hilarion Bruno est rentier de son

état, chasseur de profession, maire de son endroit, hâbleur superlatif, parce qu'il est chasseur, plein d'une rogue dignité, parce qu'il est maire.

Il habite, à quelques kilomètres de Saint-Jean-de-Maurienne, en Savoie, une charmante maisonnette aux murs couleur de rose, aux persiennes grises, que les paysans du village appellent le château et les bourgeois de la ville, Maison-Rose.

Cette maison possède une cave excellente, fraîche en été, chaude en hiver, dans laquelle vieillissent les bons vins du pays : le tonique Princeps, le capiteux Saint-Julien, le Bonne-Nouvelle et le vin de Rippes, dont le parfum se rapproche de celui de la violette.

Le salon de Maison-Rose est un petit musée où sont réunis pêle-mêle des épées flamboyantes et des meubles sculptés ; des tableaux de maître et des fragments de vitraux. Les merveilles de la céramique italienne s'y joignent aux filigranes de Gênes, aux verreries de Venise, aux émaux cloisonnés de la Chine, à ces mille objets, en un mot, que l'argot parisien nomme *bibelots*, et que leur propriétaire décore pompeusement du titre d'*objets d'art*.

Si mes souvenirs ne me trahissent point, la salle à manger et la bibliothèque n'étaient point indignes du salon.

La salle à manger, vaste pièce lambrissée de vieux chêne, était encombrée de trophées de chasse, trophées qui s'étalaient même sur le grand buffet de poirier sculpté, où mon oncle renfermait sa massive argenterie et les belles porcelaines qu'il avait rapportées du Japon. Il y avait là des cornes de chamois, des bois de cerf, des défenses de sangliers, auxquels s'accrochaient dans un ordre admirable toutes sortes de fusils, de poires à poudres, de flasques, de bidons, de carniers. Les deux objets qui excitaient le plus vivement mon admiration alors que j'avais douze ans, —il y a longtemps de cela ! — étaient : 1° une gourde faite d'une noix de coco sculptée et 2° une paire d'ours empaillés placés en sentinelle aux deux côtés du buffet.

Oh ! que ces deux ours me faisaient peur avec leurs dents blanches et pointues ! leurs yeux de feu, leurs poils bruns, longs et frisés !

Quant à la bibliothèque, elle se composait uniquement de livres de voyage et de chasse. C'était encore une des manies de mon oncle, lequel, je vous l'ai déjà dit, était un fier original.

Il avait un certain nombre de manies.

D'abord, celle de la chasse; puis, celle de raconter ses chasses. Ensuite, celle de raconter ses voyages, en montrant ses bibelots, ou bien en sablant le contenu des vieilles bouteilles de sa cave.

Il n'avait jamais voulu se marier et vivait comme un ours, partageant son temps en quatre parties égales qu'il passait dans son salon, sa bibliothèque et sa salle à manger; la salle à manger lui prenait deux parties sur quatre!

Chaque mois, il partait un beau matin, après avoir endossé la veste de velours à côtes, les culottes grises et les guêtres de peau, qui composaient son costume de chasse, et ne revenait qu'au bout de huit jours, amenant avec lui le cadavre d'un ours et quelques joyeux compagnons avec lesquels il mangeait son gibier.

Un jour, comme j'étais allé rendre visite à mon oncle, je le priai de me conter une de ces histoires de chasse qu'il savait si bien conter.

Hilarion Bruno me jeta un regard sournois.

— Tiens! tiens! petit, me dit-il étonné, je ne te savais pas curieux d'aventures.

Je poussai un soupir à fendre une roche en deux.

— Ah! mon oncle! m'écriai-je d'un air scandalisé, quand je ferai des livres il faudra bien que votre nom y figure.

Il sourit paternellement et haussa les épaules.

— Il faut voyager pour faire des livres, grommela-t-il; il n'y a de beaux livres que les histoires de voyages!

C'était comme cela.

Hilarion Bruno ne concevait rien au-delà! Il faisait fi des romans, abhorrait la philosophie, se souciait peu de l'histoire et dédaignait la politique.

Pour en revenir à mon histoire, ou plutôt à l'histoire de mon oncle, il alla déboucher un flacon de vin blanc d'Hermillon, me versa rasade et reprit :

— Tiens ! neveu, je vais te raconter comme je suis devenu chasseur, et chasseur d'ours encore !

Alléché par ce préambule, je m'assis commodément dans un grand fauteuil de cuir à oreillettes, et je me préparai à écouter de mon mieux.

— Il faut te dire, commença mon oncle, que je n'ai pas toujours eu cinquante ans. En 1825, j'étais un garçonnet de quinze ans, fort et robuste, bourré de latin et de grec,

mais orgueilleux comme dix huma-
nistes et sot comme vingt collégiens
pris collectivement. Cette année-la,
j'étais allé passer mes vacances
chez ma tante Esthénie, laquelle
habitait le village des Hulles, au-
dessus du bourg de la Rochette. Ma
tante Esthénie avait soixante-dix
ans. Elle possédait quatre fils et
deux filles : Georges, qui avait quarante ans ; André, qui en avait
trente-cinq ; Edouard, qui en avait
trente-quatre, et Camille, mon aîné
de deux ans. Les deux filles étaient
mariées : l'une à M. Amenet, le
notaire, l'autre à l'avocat Platine,
le bien nommé.

Comme bien tu le penses, mon
camarade le plus intime était Camille. Georges me faisait peur.

André m'intimidait, Edouard me semblait un géant. Quant à Mme Amenet, elle me bourrait de bonbons. Mme Platine habitait Chambéry et portait des chapeaux à plumes ; elle ne venait jamais aux Hulles, craignant de gâter son teint.

Il était impossible de voir famille plus unie et gens mieux faits pour vivre ensemble sous un même toit.

L'oncle Hilarion Bruno fit une pause et j'en profitai pour lui dire que je ne voyais pas encore poindre les oreilles de l'ours.

— *Esto hijo !* (1) grommela-t-il, patience ! neveu, patience ! j'en ai déjà vu pas mal, des ours, à quatre ou à deux pattes !... attends un peu !

(1) Cet enfant.

2

Il but un grand verre de nectar hermillonnais et continua son récit.

— En ce temps-là, reprit-il, on payait 6 francs un permis de chasse...

Il faut vous dire que mon oncle me racontait cette histoire en 1861, c'est-à-dire une année après l'annexion de la Savoie à la France.

— On payait 6 livres un permis de chasse et l'on chassait partout. Les gardes étaient de bons enfants qui faisaient leur devoir, sans oublier les préceptes de la civilité puérile et honnête. Au jour d'aujourd'hui, il faut payer 25 francs, payer l'impôt des chiens, payer les gardes-champêtres, payer le loyer des biens communaux, payer encore et toujours !...

Si au moins l'on pouvait parler, après avoir payé ! s'écria mon oncle, en appuyant cette réflexion d'un grand coup de poing frappé sur la table.

Il murmura quelques paroles qu'il ne serait point prudent de transcrire ici, et poursuivit :

— Tous les matins, Georges, André, Edouard et quelques amis à eux partaient de grand matin pour chasser le lièvre.

Camille, moi et un gamin de notre âge, qui répondait au nom d'Aurèle, nous partions aussi pour tirer les grives et les pigeons sauvages. Il y avait un gros renard qui, chaque nuit, venait tordre le cou à nos poules. Souvent nous le rencontrions, mais nous n'osions le tuer, tant il nous faisait peur.

— Mais l'ours, mon oncle! interrompis-je.

— Attends, attends un peu, neveu!... Un matin, excités par le récit des exploits de mes cousins, nous leur déclarâmes que nous irions avec eux du côté des tours de Montmayeur.

Les tours de Montmayeur sont deux belles tours séparées l'une de l'autre par une distance de cent mètres au moins. Elles sont restées debout à la suite d'un crime commis dans ce château par le dernier baron de Montmayeur, Jacques. Ce Jacques était fils du maréchal de Savoie. Or, en 14...

Lorsque mon oncle se lançait dans l'histoire et qu'il abordait une légende nationale, sa digression durait ordinairement de trois à quatre heures. Moi, je tenais à mon ours et je réclamais énergiquement l'histoire de cet ours.

Hilarion Bruno eut aux lèvres un sourire de pitié et haussa les épaules :

— Ah! petiot, me répondit-il, tu ne sais pas quel charme, quelle beauté, quel attrait mystérieux ont nos légendes! Si tu veux faire des livres, il faudra bien apprendre tout cela!

Petiot!!!

Dans toute cette phrase de mon oncle, je n'avais entendu que le mot *petiot*, et j'allais avoir quinze ans au 23 octobre prochain!

Je dévorai ma rage, espérant que

l'ours ne tarderait point à venir.

— Un matin donc, reprit mon oncle, nous nous dirigeâmes vers les tours de Montmayeur. Nous étions six, en y comprenant ma petite chienne Blondette, qui était bien la bête la plus intelligente que j'aie connue. Elle me suivait pas à pas.

Comme je ne pouvais point marcher aussi lestement que mes grands cousins, j'allai tranquillement, suivant à dix pas mon cousin Camille.

Voilà que tout à coup...

— Bon ! interrompis-je encore, nous y sommes ! mon oncle me jeta un regard sévère et reprit :

— .... Blondette se fourvoie dans un buisson et lance un lièvre qui

passe entre mes jambes. Je me serais taxé de présomptueux si l'idée
m'était venue de tirer un lièvre à la
course. Blondette détala à la suite
de l'animal aux longues oreilles,
et me voilà parti après ma chienne,
brandissant mon fusil au-dessus
de ma tête.

Mes cousins s'étaient arrêtés et
riaient de tout leur cœur.

— Bravo, petit! me criaient-ils,
bravo!

Au lieu de venir à mon secours,
ces *badauds* riaient et me contem-
plaient, bouche béante.

Le lièvre courait toujours, Blondette aboyait, moi, je commençais
à perdre haleine.

Enfin ce bon lièvre vint se jeter
dans un champ de pommes de

terre. Mes cousins arrivèrent; mais je réclamai l'honneur de tirer le premier coup, et profitant d'un moment où le lièvre laissait passer ses oreilles derrière les feuilles, j'envoyai ma charge tout entière..... dans les mollets de mon cousin André.

Ma foi! je fis comme les cousins de mon oncle, j'éclatai de rire, tant et si fort, que mon accès d'hilarité dura cinq bonnes minutes.

Il faut si peu de chose pour faire rire les enfants! Quand j'eus ri tout à mon aise, Hilarion Bruno recommença son récit.

— Tu dois penser quels cris d'épouvante furent poussés de côté et d'autres. Les échos de la montagne en retentissaient... Je crus avoir

L'OURS (p. 25.)

commis un meurtre, et je me mis à fuir. Mes cousins m'arrêtèrent en poussant un grand cri.

Je levai la tête...

A dix pas de moi, un ours de la plus belle taille s'amusait à fourrager dans un magnifique champ d'avoine. A notre vue, il huma l'air, grogna et s'enfuit dans la direction de la montagne.

Je m'élançai à sa poursuite... Un coup de feu retentit... une balle siffla à mon oreille et je vis l'ours s'affaisser en poussant un gémissement lamentable.

Mes cousins m'expliquèrent alors que le champ était entouré d'une corde supportée par des piquets plantés de distance en distance. Un fusil y était adapté, disposé de manière à faire feu pour peu que l'on touchât la corde traîtresse.

— Et le mollet du cousin? demandai-je en souriant.

— Bah! répondit Hilarion Bruno, le mollet du cousin était protégé par de fortes guêtres, et le plomb n'avait touché que le cuir.

— Et c'est votre première chasse à l'ours? mon oncle.

— Oui, neveu. Mais depuis lors j'en ai vu bien d'autres!

— Vraiment?

— Oui! j'ai chassé le renard en Angleterre, le loup en Russie, l'ours blanc dans les mers du Nord, le lion en Afrique, la panthère à Java, le tigre dans les Indes et l'homme dans les pampas américaines!

— L'homme !!!

— Le Peau-Rouge, neveu. Il est certains cas où il vaut mieux chasser qu'être cha... !!

Je vous l'ai déjà dit, mon oncle Hilarion Bruno avait un faible pour les sentences philosophiques.

— Si tu veux, Charles, me dit-il quand je le quittai, nous irons demain faire une partie de chasse.

— Oh ! merci, merci, je n'aime point les ours.

Il haussa les épaules :

— Comme on élève les jeunes gens aujourd'hui ! murmura-t-il avec un sourire de piété. Eh bien ! nous nous contenterons de tirer le renard.

Cette fois, je ne pus que m'incliner.

— Sais-tu au moins tenir un fusil ?

La modestie n'est pas mon fort :

— Ah! mon oncle, répondis-je, mieux qu'une plume, à coup sûr!

II

Le lendemain, nous partîmes à l'aube pour aller chasser le renard du côté d'Aiguebelle.

Aiguebelle est un gros village, un petit bourg dont l'unique prétention a toujours été de se donner comme une ville. C'est la patrie par excellence du commérage et des plaisirs champêtres. On y décore toutes choses d'un nom pompeux : la mairie devient Hôtel-de-Ville, et la justice de paix est un palais-de-

justice. Les habitants n'appelleront
jamais leur pasteur : « Monsieur le
curé, » mais bien : « Monsieur l'ar-
chiprêtre. » Soyez avocat, médecin,
notaire, professeur; ce titre suivra
chaque fois le mot monsieur quand
on s'adressera à votre personne.

Aiguebelle est formé d'une seule
rue qui n'est autre chose que la
grand'route sur les deux côtés de
laquelle s'alignent des maisons à
peintures prétentieuses, à balcons
ambitieux.

L'Hôtel-de-Ville étale avec or-
gueil son pignon pointu et son badi-
geon couleur beurre frais entre
deux maisons d'un gris sombre,
que l'on m'a dit appartenir à deux
notabilités du pays.

La rue est pourvue de trottoirs

boueux et de candélabres en simili-bronze dans lesquels brûle un simili-gaz obtenu à l'aide du pétrole.

L'église menace ruine : elle était jadis assez belle, mais l'on y voit maintenant les traces du temps.

Hâtons-nous de le dire, ce bourg, si humble et si petit en apparence, a son histoire que lui envieraient certaines grandes villes où règnent le charbon et la houille, où l'on n'entend que le bruit des roues et des machines.

Le château de Charbonnières, qui domine Aiguebelle, fut le berceau de la maison de Savoie, de cette illustre famille dont le roi philosophe, Louis XVIII, faisait un jour l'éloge en disant qu'un prince de la maison de Bourbon ne pou-

.vait épouser sans mésalliance qu'une princesse de Savoie.

Or, les premiers comtes de Savoie entourèrent Aiguebelle de murs et de fossés. Sous le règne d'Adélaïde de Suze, veuve du comte Oddon, on y battait une monnaie que les numismates désignent sous le nom de *salidi mauriancnses*.

En 1536, François Ier réduisit en cendres les deux tiers d'Aiguebelle dont le connétable de Lesdignières s'empara de nouveau en 1597. Trois ans plus tard, le maréchal de Créqui s'en rendit maître, et les Espagnols le prirent d'assaut en 1742.

La petite ville dont nous parlons subit donc quatre siéges en règle, et l'on doit avouer que l'appellation de ville dont se servent ses habi-

tants paraît moins ridicule quand
on connaît cette histoire.

Hilarion Bruno me racontait cela,
pendant que nous volions sur les
ailes rapides de la vapeur. Veuille
le lecteur me pardonner cette image
surannée, que je m'empresse d'at-
tribuer à mon oncle, lequel affectait
de parler le beau langage du siècle.

J'avais revêtu, pour cette circon-
stance solennelle — ma première
chasse, — un costume en *peau de
diable* qui me donnait, avec mon
bonnet d'*higlander*, la tournure
d'un *boy* anglais en quête d'un re-
mède contre le spleen. Mon oncle
riait en regardant cet excentrique
accoutrement et me décochait de
temps à autre les plus mordantes
épigrammes.

Il fumait sa pipe, tout en causant avec moi et buvait de temps à autre une gorgée de vin blanc, son apéritif ordinaire.

Vers huit heures nous arrivâmes à Aiguebelle, et la vue de cette ville produisit sur moi l'impression que j'exprime en termes un peu amers au commencement de ce récit.

Notre première visite fut pour un ami, qui nous offrit un déjeuner des plus substantiels. Une heure après, nous étions en chasse dans les vignobles de Durnières. Mon oncle avait été élevé dans ce pays et le connaissait parfaitement. Un Aiguebellain nous avait accompagné et nous avait mis sur la piste d'une famille de renards qui causait chaque jour de grands dommages aux fermes des environs.

La chasse présenta plusieurs incidents qu'il serait trop long et peut-être oiseux de rapporter ici. Vers quatre heures du soir, nous avions forcé la retraite du renard que mon oncle emportait dans son carnier avec une visible satisfaction.

Pour moi, j'étais...

honteux comme un renard qu'une poule aurait pris !

c'est, ou jamais, le cas de le dire.

J'avais chargé cinq ou six fois mon fusil, mais je revenais les mains vides et je contemplais avec envie la carnassière gonflée de mon oncle Hilarion.

—Eh bien! mon garçon, me dit-il, te voilà tout penaud !

Je poussais un soupir

— Eh! eh! continua-t-il en rica-
nant, tu voudrais peut-être bien être
à ma place, hein?

Nouveau soupir du neveu, nouveau ricanement de l'oncle.

— Eh! eh! eh! tout le monde ne
peut pas être heureux. C'est ce que
me disait un fakir, à Lahore, en 1835.
Il ajoutait que l'espérance, elle-
même, était un leurre et ne servait
qu'à rendre la vie plus amère!

— Théorie dangereuse, affirma
l'Aiguebellain.

Par esprit de contradiction, mon
oncle soutint le contraire, et la dis-
cussion s'engagea vivement entre
ces deux messieurs.

L'Aiguebellain n'était pas de force, Hilarion Bruno le roula proprement.

Quand nous fûmes arrivés au pont de Randens, qui sépare d'Aiguebelle le hameau de ce nom, mon oncle se retourna vers moi et me dit :

— Garçon! tiens, voici le renard. Marche en avant, je te permets de te dénoncer comme meurtrier de cet animal dont les Hindous ont le caractère, et les Chinois la couleur, mais à une condition...

Mon cœur se prit à palpiter, et je hasardai timidement cette question:

— A quelle condition, mon oncle?

Un sourire effleura ses lèvres et il me répondit :

— Tu porteras jusqu'à la maison tout ce qu'on te remettra.

— Bien, mon oncle !

Et je partis d'un pas allègre, la casquette sur l'oreille, le poing sur la hanche, et sifflotant, de l'air le plus dégagé du monde, une chanson à boire.

J'avais passé le renard en bandoulière autour de mon corps, et je portais mon fusil sur l'épaule.

. Allez ! j'étais bien le plus fier et le plus joyeux enfant de la terre.

Pour ne rien perdre de l'honneur que j'allais tirer de *ma* chasse (ô ironie !) je résolus de traverser Aiguebelle dans toute sa longueur, et je fis un détour qui me conduisit au *Paradis des Chèvres*. Là, je pris la grand'route, je passai sous l'arc-de-triomphe élevé au roi Charles-

Félix, et je me trouvai à l'entrée de la ville.

Dès que l'on m'aperçut, ce fut un véritable remue-ménage. Les commères s'assemblèrent sur le pas de leurs portes, les épiciers et les cafetiers, tout le commerce d'Aiguebelle sortirent de leurs boutiques, et tout ce monde se mit à m'admirer, bouche béante, tandis que les gamins me couraient après avec des cris de joie si perçants que j'en fus abasourdi.

Bientôt je vis diverses femmes rentrer précipitamment dans leurs maisons. Orgueilleux! j'attribuais cette brusque retraite à l'effroi inspiré par le cadavre de « mon » renard, dont le museau sanglant pendait à quelques centimètres de ma ceinture.

Je ne tardai pas à être détrompé.

Les ménagères sortirent l'une après l'autre. L'une m'apporta douze œufs dont j'emplis ma casquette ; l'autre vint me donner une paire de poulets que je pendis à mon bras ; la troisième me chargea d'une botte de carotte, la quatrième d'un lapin vivant...

Je n'étais pas arrivé au milieu de la rue, que je succombai sous le fardeau.

Un jeune homme se chargea de la moitié de ces présents, et je pus continuer ma route.

Il eût fallu me voir, ainsi transformé en garde-manger ambulant avec mes poules, mes œufs, mes carottes et surtout *mon* renard, que je n'avais point voulu donner à mon complaisant *compagnon*.

Je croyais d'abord que l'on voulait me mystifier, mais les sourires gracieux, les compliments à brûle-pourpoint et les caressantes flatteries que tout le monde m'adressait me tournèrent la tête.

Lorsque mon oncle rentra, cinq minutes après moi, il riait à gorge déployée.

— Eh bien, petit, me dit-il, trouves-tu que ce soit agréable de porter un renard?

— Certes, mon oncle!

Je lui montrai mon butin.

— Qu'allons-nous faire de tout cela? demandai-je.

— La belle question! ce sont des

cadeaux qu'on te fait, petiot; une prime semblable est donnée à tous ceux qui tuent le renard. C'est un usage établi depuis des siècles et dont on trouve le premier exemple dans la *Chronique* du chanoine Agrald, en 1221. Cette chronique, écrite sur parchemin...

Je me hâtai de fuir, craignant une nouvelle averse d'érudition.

III

« Le moi est haïssable, » a dit Pascal.

Aussi je dois cesser de parler autant de ma chétive personne. J'ai, du reste, entrepris un portrait, il faut que je l'achève. Je laisse là mon oncle, son neveu et le renard

susdit, pour faire poser mon mo-
dèle et commencer mon esquisse.

Il est inutile, je pense, de donner
ici quelques détails sur le quadru-
pède auquel nous avons affaire.

L'ours des Alpes est le même
que celui des Pyrénées et des Astu-
ries, selon le dire de la plupart des
naturalistes. Cependant Cuvier pré-
tend le contraire. Cet animal se tient
dans les montagnes boisées ou dans
les amas de rochers situés vers les
cimes de certains escarpements des
Alpes; il vit de racines, de fruits
acides, comme l'épine-vinette, la
ronce et la buxerole. C'est un
grand dévastateur de ruches et de
fourmilières : il mange le miel des
unes et les habitantes des autres.
Sa vie est solitaire.

Il n'attaque point l'homme, si ce n'est quand il est provoqué.

Voilà, mes chers lecteurs, tout ce que mes faibles connaissances en histoire naturelle me permettent de vous dire sur le sauvage souverain de nos montagnes.

Ce n'est point chose facile que de chasser l'ours.

On ne le tue point avec une balle, comme le premier lièvre venu. Nos chasseurs chargent leurs fusils avec des chevrotines, dont la forme est celle des dents d'un rateau.

Ces sortes de balles sont de forme conique, pointues à une extrémité, arrondies à l'autre ; elles ne sont point de plomb, mais de fer. Les bourres sont des rondelles découpées dans le feutre d'un vieux chapeau.

Ce fut à La Chambre que je vis pour la première fois un chasseur d'ours de profession. Puisque je dois vous intruire, tout en vous amusant, je puis bien vous dire en passant ce que c'est que le bourg de La Chambre.

Il est situé dans une vallée riante et fertile, à quelques kilomètres de Saint-Jean-de-Maurienne, et faisait autrefois partie du domaine temporel des évêques de ce diocèse. Jadis cette vallée inculte fut entièrement défrichée par les Benédictins. La Chambre fut érigée en comté en 1456 et en marquisat en 1553, en faveur de la maison de Seyssel, qui fournit un nombre infini d'illustrations : cardinaux, évêques, maréchaux de Savoie, lieutenants-généraux du duché, chevaliers de l'Annonciade, etc.

Ruiné en partie sous le duc Charles Ier, le château de La Chambre fut entièrement détruit par le roi François Ier de France, en 1536.

Donc ce fut à La Chambre, un jour de marché, que je vis pour la première fois François Guigonnet, plus familièrement appelé Guignon, chasseur d'ours de son état. Il y a de cela deux ans. Si vous saviez ce que c'est qu'un jour de marché à La Chambre !

Il y avait des Villarmches en robes noires rayées de galons bleus ; chaque galon représente un sac de mille francs, faisant partie de la dot

de la fille; il y avait de grosses rou-
geaudes, aux bras nus, aux cheveux crépus, habitantes des Cuines;
il y avait des filles des Beauges,
dont la beauté orientale, la dé-
marche lente et grave dénoncent
l'origine sarrazine. Que sais-je!
toutes les races de la Maurienne se
confondaient pêle-mêle sur le pré
que côtoie le torrent de Bugeon.

François Guigonnet allait et venait d'un groupe à l'autre, lançant
à l'un une grosse plaisanterie, ser-
rant la main d'un autre de façon à
la broyer, décochant un compliment
à celle-ci, saluant avec respect les
vieillards, et veillant avec attention
sur ses paroles : Chacun sait qu'une
langue de jeune homme est souvent beaucoup trop prompte.

Il portait un pantalon et une veste de drap bleu, un gilet gris, une cravate noire; ses pieds étaient chaussés d'énormes souliers, autour desquels la semelle faisait comme un petit trottoir. Une ceinture de laine rouge s'enroulait autour de son corps. Un feutre à larges bords complétait ce costume et couvrait ses longs cheveux bruns.

— Connais-tu cet homme-là, me dit mon oncle Hilarion en me montrant Guigonnet.

— Pas le moins du monde! répondis-je avec indifférence.

— Eh bien! neveu, c'est le chasseur d'ours. Nous allons faire connaissance avec lui, et il te contera ses histoires.

La présentation fut bientôt faite. François Guigonnet était obligé de rester quelques jours à La Chambre où le retenaient des affaires de famille. Il voulut bien passer avec moi tous les instants de loisir qu'il eut, et je fus bientôt au courant de tous les détails de sa vie.

C'était un bien beau caractère que celui de François Guigonnet : un caractère grand, ouvert, généreux. Il possédait le vrai courage, la résolution indomptable unie au sang-froid. Il y avait en lui une teinte de poésie qui le distinguait des autres hommes de la montagne, et l'entourait, à mes yeux, d'une véritable auréole.

Chez un Savoyard, le courage est chose ordinaire : il voit trop sou-

vent la mort de près, pour qu'il en
ait peur... Chez le montagnard, le
courage se transforme en une sorte
d'exaltation. Il aime le danger parce
que c'est le danger; parce que le
danger est son élément. Il peut, à
chaque instant, rouler d'abîme en
abîme jusqu'au fond de ces préci-
pices, dont aucun œil humain n'a
jamais sondé la profondeur; il peut
être enseveli sous une avalanche,
tomber dans une fente de glacier,
mourir écrasé par la chute d'une
roche, devenir la proie des loups
ou des vautours! Qui sait? Il peut
avoir à souffrir les tourments épou-
vantables de la faim et de la soif!...

Rien n'y fait.

Il part d'un pied leste, le front
haut, l'œil fixe, le fusil sur l'épaule,

et chantant à pleine voix l'antique chanson des montagnards :

> Amis, que la montagne est belle!
> Fuyons les bruits de la cité.
> Courons gaîment fêter loin d'elle
>   Notre pays, sa liberté!
> Le sac au dos, en main la pique,
>   Pressons le pas.
> Faisons un effort énergique,
>   Pressons le pas.
> Que les dangers ne nous arrêtent pas,
> *Car les dangers pour nous n'existent pas!*

Ce courage, cette exaltation leur donnent une adresse à nulle autre pareille. Ils luttent contre la montagne. Ils franchissent d'un pas ferme les passages les plus difficiles : ils mesurent, sans vertige, la profondeur des gouffres : ils marchent sans crainte sur les bords des crevasses des glaciers, ils dé-

fient l'orage et supportent avec indifférence les rafales du vent. Oh!
ce sont des hommes forts!

Et puis, sous leurs yeux se dé-
roule un paysage immense autant
que varié. Ils ne voient jamais deux
fois la nature sous le même aspect.
En hiver, c'est un vaste manteau
de neige sur lequel tombe un maigre
rayon de soleil qui donne à cette
blancheur un chatoiement de perle;
alors, le ciel est gris, terne, pom-
melé de nuages; alors, tout dort!
Mais au printemps, le monde s'é-
veille; la neige a fondu et remplit
maintenant les larges *combes* dans
lesquelles mugissent les torrents
noirs; le mont revêt sa robe de
verdure; ce sont des prairies se-
mées de fleurs, des arbustes qui

grimpent sur des roches, couvrant
leur nudité d'une guipure de feuil-
lages; des amandiers couverts de
fleurs blanches, des sapins aux
feuilles sombres qui couronnent les
sommets altiers. Vient l'été, avec
ses moissons jaunies, ses arbres
chargés de fruits que le soleil mûrit
lentement. Enfin l'automne, la plus
belle des saisons, quoiqu'en disent
les poètes! Le Savoyard comprend
et admire toutes ces splendeurs. Il
saisit toutes les beautés du paysage;
il voit chaque jour avec un nouveau
plaisir le soleil se lever du côté
d'Italie et se coucher, là-bas, du
côté de la France.

Quand l'astre disparaît, le ciel
s'empourpre comme par l'effet d'un
gigantesque incendie: tantôt il se

diapre de nuages dorés, tantôt il s'efface en laissant derrière lui une traînée lumineuse.

Et le Savoyard contemple chaque jour un spectacle nouveau.

Cette nature, si magnifiquement belle, il la peuple d'une création fantastique; son imagination lui montre partout un monde surnaturel qui l'entoure et l'enchante et qui, suivant l'expression d'un de nos romanciers de haut parage, Octave Feuillet, lui fait sentir la vie avec une intensité que nous ignorons.

Enfin, il est libre, absolument libre. Il ne relève de personne que de lui-même. Il est souverain seigneur et maître de la montagne; il va où il veut, fait ce qu'il veut et

ne reconnaît de volonté supérieure
à la sienne que celle de Dieu.

Que lui importent les vaines ru-
meurs du monde? Que lui fait cette
fourmilière sur laquelle il jette un
regard dédaigneux, fort de sa gran-
deur et de son indépendance?

Voilà, cher lecteur, ce que me
disait François Guigonnet; sa voix
était émue; son regard brillait d'une
éloquence naïve; son langage vul-
gaire se transformait en un parler
plein d'une sauvage poésie.

Moi, je l'écoutais sans oser l'in-
terrompre. Quand il m'eut dépeint
la montagne, il me raconta sa vie.

———

IV

François Guigonnet est né en 1810, il avait donc aujourd'hui cinquante-huit ans. C'était un homme d'une taille élevée, d'une maigreur extrême; son visage n'offrait aucun trait saillant et n'exprimait qu'une sorte de placidité mêlée à une certaine finesse. Ses cheveux étaient longs, très noirs, et le bas de son visage s'encadrait dans une barbe assez bien soignée.

Le père de François était un honnête cultivateur qui fut pris dans la dernière levée que fit Napoléon avant la première Restauration et qui mourut à la guerre, laissant une femme jeune encore, mère de huit enfants. Deux ou trois ans après, la veuve se remaria.

Quand François eut quinze ans, il partit pour la France, muni d'une boîte de colporteur. En cinq ans, il amassa l'énorme somme de mille francs, revint au pays, acheta un bout de terrain et se maria. Quand sa mère mourut, il se trouvait à la tête d'une fortune de trois mille francs, représentée par une chaumière, un jardinet et le lopin de terre, fruit de ses économies.

Sa femme et ses deux enfants moururent; François, alors âgé de quarante ans, fut pris par le désespoir et voulut quitter le pays. Il vendit son bien et partit. Au bout de six mois, il revenait malade de nostalgie. Alors il se fit chasseur d'ours et les âpres jouissances de la chasse lui firent oublier ses malheurs.

Aujourd'hui, il a racheté sa chaumière et vit complétement isolé.

Quand il lui prend fantaisie de chasser ou bien quand on lui signale un ours dans la montagne, il part de grand matin, muni de sa carabine et cherche la piste de la bête.

Sa chasse dure quelquefois trois ou quatre jours.

Quand il a trouvé le repaire de l'ours, il va se poster avant l'aube à quelque distance de ce repaire et attend. A peine le soleil se léve-t-il derrière les monts de Beaune qu'un sourd grognement l'avertit du réveil de sa future victime.

Il se place derrière un tronc d'arbre ou un rocher et lorsque l'ours apparaît à l'entrée de sa tanière, il vise l'oreille ou le front, entre les deux yeux, afin de ne point gâter la peau de son gibier.

Quelquefois, il manque son coup. La bête alors se rue en avant : arrivée à deux pas du chasseur, elle s'élance furieuse vers son agresseur pour l'étouffer dans ses bras.

Si le chasseur manque de sang-froid, il est perdu. Guigonnet, lui, ne s'effraie pas pour si peu. Il attend tranquillement, sans bouger de sa place; puis, quand l'ours est bien en face de lui, qu'il ouvre sa gueule formidable *ornée* de dents aiguës, il ajuste et fait feu à bout portant, dans cette gueule rouge, fumante... L'ours tombe et tout est dit.

Un jour, il lui advint une singulière aventure. Il chassait le renard en compagnie de quelques amis. Or, pendant que ses compagnons l'attendaient de l'autre côté de la forêt, François Guigonnet avait grimpé sur la montagne et guettait le renard au passage.

Il se trouvait tout auprès d'une *coulée*, sorte de boyau taillé à pic dans le roc et par lequel on fait glisser du haut de la montagne en bas les fagots que l'on coupe dans les forêts et les broussailles. La coulée était bordée d'arbres touffus qui, réunissant leurs hautes branches, formaient au-dessous d'elles une voûte de verdure à travers laquelle le soleil ne pourrait pénétrer.

Quelques instants après, le renard passa au galop, suivi de plusieurs chiens qui aboyaient à tue-
tête. L'animal sauta d'un bond dans
la coulée, se faufila à travers la
broussaille et disparut.

N'obéissant qu'à son instinct de
chasseur, Guigonnet bondit... Le
pied lui glissa... il tomba.

L'instinct qui porte tout homme
qui tombe à chercher un point d'ap-
pui, lui fit jeter les mains en avant.
Une de ses mains rencontra un
objet velu qu'il prit pour une
branche moussue. Il tomba, en-
traînant avec lui ce à quoi il se re-
tenait et, en quelques secondes, il
fut arrivé au bas de la coulée.

Un épouvantable grognement retentit aussitôt, et notre ami François se trouva face à face avec... un ours de la plus belle taille.

Or, son fusil n'était chargé qu'à balle et la balle glisse sur la peau de l'ours, comme une pierre sur la glace! Il se trouvait en pleine forêt, seul avec cet animal féroce...

Ma foi! je crois qu'il eut peur.

Heureusement l'ours eut plus peur que lui. Il fit un bond de côté et s'enfonça sous le bois, en courant aussi vite que lui permettaient les obstacles semés sur sa route.

V

Guigonnet me raconta bien d'autres histoires, un jour que je lui avais offert une bouteille de bon

Saint-Julien, au café G... Mais s'il fallait tout dire, je serais bien embarrassé, et peut-être mes jeunes lecteurs me traiteraient-ils de.... blagueur!!!

Cet âge est sans pitié.....

Je préfère m'en tenir à l'esquiss ci-dessus.

FIN.

Limoges. — Imp. E. ABDANT et Co.